CB079642

MÚLTIPLA ESCOLHA

ALEJANDRO ZAMBRA

MÚLTIPLA ESCOLHA

Tradução
Miguel Del Castillo

TUSQUETS
EDITORES

Copyright © Alejandro Zambra, 2014
Copyright © Editora Planeta do Brasil, 2017
Todos os direitos reservados.
Título original: *Facsímil*
Originalmente publicado em espanhol por Editorial Hueders

Revisão: Livia Lima e Isabel Cury
Projeto gráfico: Jussara Fino
Diagramação: Abreu's System
Capa: Adaptada do projeto original Compañia
Imagem de capa: Marilá Dardot

CIP-BRASIL. CATALOGAÇÃO NA PUBLICAÇÃO
SINDICATO NACIONAL DOS EDITORES DE LIVROS, RJ

Z27m
Zambra, Alejandro
Mútipla escolha / Alejandro Zambra ; tradução Miguel Del Castillo. - 1. ed. - São Paulo: Planeta, 2017.
112 p. : il. ; 23 cm.

Tradução de: *Facsímil*
ISBN: 978-85-422-0829-0

1. Ficção chilena. I. Del Castillo, Miguel. II. Título.

17-40495 CDD: 868.993613
CDU: 821.134.2(861)-3

2017
Todos os direitos desta edição reservados à
EDITORA PLANETA DO BRASIL LTDA.
Rua Padre João Manuel, 100 – 21º andar
Ed. Horsa II – Cerqueira César
01411-000 – São Paulo-SP
www.planetadelivros.com.br
atendimento@editoraplaneta.com.br

Sumário

Para meus professores Juan Luis Morales Rojas, Elizabeth Azócar, Ricardo Ferrada e Soledad Bianchi.

Nota do editor

Este livro é baseado na Prova de Aptidão Verbal, conforme a estrutura vigente no ano de 1993 no Chile. Essa prova de aptidão, ao lado da Prova de Aptidão Matemática, compunha a Prova de Aptidão Acadêmica chilena, equivalente ao vestibular no Brasil. Foi aplicada entre 1966 e 2002.

I. Palavra destoante

Nos exercícios 1 a 24, assinale a alternativa que corresponda à palavra cujo sentido não tenha relação nem com o enunciado nem com as demais palavras.

1) Múltipla

   A) diversa
   B) numerosa
   C) não dita
   D) cinco
   E) duas

2) Escolha

   A) voz
   B) um
   C) decisão
   D) preferência
   E) alternativa

3) Educar

   A) ensinar
   B) mostrar
   C) treinar
   D) domesticar
   E) programar

4) Copiar

   A) cortar
   B) colar
   C) cortar
   D) colar
   E) desfazer

5) Apaga

A) tira
B) anula
C) corrige
D) suprime
E) sedimento

6) Letra

A) maiúscula
B) minúscula
C) cursiva
D) morta
E) miúda

7) Junta

A) medo
B) cadáveres
C) vontade
D) água
E) moedas

8) Salva-vidas

A) quebra-mar
B) gira-mundo
C) louva-a-deus
D) papa-léguas
E) guarda-chuva

9) Máscara
   A) socapa
   B) disfarce
   C) véu
   D) capuz
   E) caraça

10) Apagão
   A) sombra
   B) penumbra
   C) negrura
   D) noite
   E) tresnoitado

11) Achatar
   A) nivelar
   B) recuperar
   C) esmagar
   D) humilhar
   E) aplainar

12) Resistência
   A) duração
   B) consistência
   C) hombridade
   D) tolerância
   E) insistência

13) Proteger

A) encobrir
B) cuidar
C) adorar
D) custodiar
E) vigiar

14) Prometo

A) silêncio
B) total
C) prometo
D) silêncio
E) total

15) Salvar

A) abrir
B) fechar
C) copiar
D) cortar
E) forte

16) Segredo

A) insinuo
B) escondo
C) conheço
D) revelo
E) nego

17) Digo

A) nada

B) corra

C) trote

D) nada

E) nada

18) Família

A) familiares

B) herdeiros

C) sucessores

D) alfajores

E) pedofilia

19) Culpa

A) pecado

B) deslize

C) queda

D) tropeço

E) sua

20) Nova

A) mente

B) sente

C) frente

D) ferve

E) febre

21) Tossir

A) fumar
B) tossir
C) fumar
D) tossir
E) fumar

22) Silêncio

A) mutismo
B) afonia
C) sigilo
D) omissão
E) covardia

23) Silêncio

A) fidelidade
B) cumplicidade
C) valentia
D) lealdade
E) confiança

24) Silêncio

A) silêncio
B) silêncio
C) silêncio
D) silêncio
E) silêncio

II. Plano de redação

Nos exercícios 25 a 36, assinale a alternativa que corresponda à ordem que mais adequadamente constitui um bom roteiro ou plano de redação.

25) Mil novecentos e oitenta e tanto

1. Seu pai discutia com sua mãe.
2. Sua mãe discutia com seu irmão.
3. Seu irmão discutia com seu pai.
4. Fazia frio quase o tempo todo.
5. Você não se lembra de mais nada.

A) 2 – 3 – 1 – 4 – 5
B) 3 – 1 – 2 – 4 – 5
C) 4 – 1 – 2 – 3 – 5
D) 4 – 5 – 1 – 2 – 3
E) 5 – 1 – 2 – 3 – 4

26) A segunda

1. Você tenta se lembrar de sua primeira comunhão.
2. Tenta se lembrar de sua primeira masturbação.
3. Tenta se lembrar de sua primeira relação sexual.
4. Tenta se lembrar da primeira morte em sua vida.
5. E da segunda.

A) 1 - 5 - 2 - 3 - 4
B) 1 - 2 - 5 - 3 - 4
C) 1 - 2 - 3 - 5 - 4
D) 4 - 5 - 1 - 2 - 3
E) 4 - 3 - 2 - 1 - 5

27) Um filho

1. Você sonha que perde um filho.
2. Acorda.
3. Chora.
4. Perde um filho.
5. Chora.

A) 1 – 2 – 4 – 3 – 5

B) 1 – 2 – 3 – 5 – 4

C) 2 – 3 – 4 – 5 – 1

D) 3 – 4 – 5 – 1 – 2

E) 4 – 5 – 3 – 1 – 2

28) Sua casa

1. Pertence a um banco, mas você prefere pensar que é sua.
2. Se tudo correr bem, vai terminar de pagá-la em 2033.
3. Mora nela há onze anos. Primeiro com uma família, depois com alguns fantasmas que também já se foram.
4. Não gosta do bairro; não há praças por perto, o ar é poluído.
5. Mas ama a casa, nunca vai abandoná-la.

A) 2 – 3 – 4 – 5 – 1
B) 3 – 4 – 5 – 1 – 2
C) 4 – 5 – 1 – 2 – 3
D) 3 – 1 – 2 – 4 – 5
E) 1 – 2 – 4 – 3 – 5

29) Aniversário

1. Você acorda cedo, sai para caminhar, procura um lugar para tomar um café.
2. É seu aniversário, mas você se esquece disso.
3. Tem a sensação de estar se esquecendo de algo, mas é apenas uma inquietação, certo estranhamento.
4. Segue a rotina de um sábado qualquer.
5. Fuma, liga a tevê, adormece com o telejornal da meia-noite.

A) 5 - 1 - 2 - 3 - 4
B) 4 - 5 - 1 - 2 - 3
C) 3 - 4 - 5 - 1 - 2
D) 2 - 3 - 4 - 5 - 1
E) 1 - 2 - 3 - 4 - 5

30) Duzentas e vinte e três

1. Você se lembra das sardas nos peitos, nas pernas, na barriga, na bunda dela. O número exato: duzentas e vinte e três pintas. Mil duzentos e sete dias atrás eram duzentas e vinte e três.
2. Relê as mensagens que ela te mandava: são bonitas, divertidas. Parágrafos longos, frases vivas, complexas. Palavras cálidas. Ela escreve melhor que você.
3. Lembra-se de quando dirigiu por cinco horas para vê-la por apenas dez minutos. Não foram dez minutos, foi a tarde inteira, mas você gosta de pensar que foram dez minutos.
4. Lembra-se das ondas, das pedras. Das sandálias dela, de um machucado no pé. Lembra-se de seus olhos se deslocando rapidamente das coxas para os cílios dela.
5. Nunca se acostumou a estar com ela. Nunca se acostumou a estar sem ela. Lembra-se de quando ela dizia, num sussurro, como se falasse consigo mesma: *está tudo bem.*

A) 5 - 1 - 2 - 3 - 4
B) 4 - 5 - 1 - 2 - 3
C) 3 - 4 - 5 - 1 - 2
D) 2 - 3 - 4 - 5 - 1
E) 1 - 2 - 3 - 4 - 5

31) Os familiares

1. Você os classifica em duas listas: aqueles a quem você ama e aqueles a quem não ama.
2. Classifica-os em duas listas: os que não deveriam estar vivos e os quc não deveriam estar mortos.
3. Classifica-os conforme o nível de confiança que eles lhe transmitiam quando você era criança.
4. Por um momento acha que descobre algo importante, algo que estava pendente havia anos.
5. Classifica-os em duas listas: os vivos e os mortos.

A) 1 - 3 - 4 - 5 - 2
B) 5 - 2 - 1 - 3 - 4
C) 1 - 3 - 5 - 2 - 4
D) 3 - 4 - 5 - 2 - 1
E) 1 - 2 - 3 - 4 - 5

32) Um chute no saco

1. Você pensa em todas as pessoas, vivas ou mortas, próximas ou distantes, chilenas ou estrangeiras, homens ou mulheres, que têm motivos para te dar um chute no saco.
2. Pensa se você merece um chute no saco.
3. Pensa se merece que alguém te odeie. Pensa se alguém realmente te odeia.
4. Pensa se você odeia alguém. Pensa se odeia as pessoas que te odeiam.
5. A insônia te fere e te acompanha.

A) 1 - 1 - 1 - 1 - 1

B) 2 - 2 - 2 - 2 - 2

C) 3 - 3 - 3 - 3 - 3

D) 4 - 4 - 4 - 4 - 4

E) 5 - 5 - 5 - 5 - 5

33) A rima

1. Você procura palavras que rimem com seu nome.
2. Procura palavras que rimem com seu sobrenome.
3. Seu nome não rima com seu sobrenome, mas você procura palavras que rimem, ao mesmo tempo, com seu nome e com seu sobrenome.
4. Procura palavras que não rimem com seu sobrenome nem com seu nome nem com nada.
5. Você não está maluco.

A) 1 – 2 – 3 – 4 – 5
B) 1 – 2 – 3 – 4 – 5
C) 1 – 2 – 3 – 4 – 5
D) 1 – 2 – 3 – 4 – 5
E) 1 – 2 – 3 – 4 – 5

34) Primeira pessoa

1. Você acha que a única solução é ficar calado.
2. Nunca diz *eu*.
3. Graças a várias garrafas de vinho você aprende a dizer *eu*.
4. Nunca diz *nós*.
5. Graças a uma garrafa de pisco você aprende a dizer *nós*.
6. Está recuperado.

A) 1 - 2 - 3 - 4 - 5 - 6
B) 1 - 2 - 4 - 3 - 5 - 6
C) 2 - 4 - 1 - 3 - 5 - 6
D) 4 - 5 - 6 - 2 - 3 - 1
E) 2 - 3 - 6 - 4 - 5 - 1

35) Nadar

1. A balança marca 92,1 quilos. Você sintoniza o rádio na 92.1 FM. Detesta essa rádio e todos os programas dela. Precisa emagrecer.
2. Você está na piscina pública. Sentado na borda, com os pés na água, observa algumas crianças aprendendo a nadar. A professora é enfática, sua voz não é doce. As crianças parecem sérias demais.
3. Quando era criança você adorava o silêncio. Depois quis que as palavras te inundassem e te submergissem. Mas você sabia nadar, ninguém precisou te ensinar. Com a gente, você pensa, fizeram que nem fazem com os cachorros: simplesmente nos jogaram na água e aprendemos a nadar ali, na hora.
4. Ou talvez tenham te ensinado no colégio, sim. Talvez essa tenha sido a única coisa que te ensinaram. Não a nadar, mas a movimentar os braços e as pernas. E a segurar o fôlego durante horas.
5. Todo mundo sabe que nadar é o melhor exercício. Você pensa que vai ficar bem, que vai perder peso. Atira-se na água fria. Nadar fortalece os músculos e a memória.

A) 1 - 2 - 3 - 4 - 5
B) 1 - 2 - 3 - 4 - 5
C) 1 - 2 - 3 - 4 - 5
D) 1 - 2 - 3 - 4 - 5
E) 1 - 2 - 3 - 4 - 5

36) Cicatrizes

1. Você pensa que a menor distância entre dois pontos é o traçado de uma cicatriz.
2. Pensa: a introdução é o pai, o desenvolvimento é o filho e a conclusão é o espírito santo.
3. Lê livros muito mais estranhos que os livros que você escreveria, caso escrevesse.
4. Pensa, como se fosse uma descoberta, que o último ponto na linha do tempo é o presente.
5. Tenta ir do geral ao particular, mas vai do geral a um general: Pinochet.
6. Tenta ir do abstrato ao concreto.
7. O abstrato é a dor dos outros.
8. O concreto é a dor dos outros incidindo sobre seu corpo até invadi-lo por inteiro.
9. O concreto é algo que não pode fazer nada além de crescer.
10. Algo como um tumor ou o contrário de um tumor: um filho.
11. No seu caso é um tumor.

A) 1 - 2 - 3 - 4 - 5 - 6 - 7 - 8 - 9 - 10 - 11
B) 1 - 2 - 3 - 4 - 5 - 6 - 7 - 8 - 9 - 10 - 11
C) 1 - 2 - 3 - 4 - 5 - 6 - 7 - 8 - 9 - 10 - 11
D) 1 - 2 - 3 - 4 - 5 - 6 - 7 - 8 - 9 - 10 - 11
E) 1 - 2 - 3 - 4 - 5 - 6 - 7 - 8 - 9 - 10 - 11

III. Uso de conjunções

Nos exercícios 37 a 54, assinale a alternativa cujos elementos sintáticos melhor preencham as lacunas do enunciado.

37) __________ mil reformas a que foi submetida, a Constituição de 1980 é uma merda.

A) Com as
B) Devido às
C) Apesar das
D) Graças às
E) Não obstante as

38) Muitas vezes eu mentia, __________ usava óculos escuros.

A) mas
B) apesar de que
C) e nem sequer
D) por isso
E) e inclusive

39) Muitos querem que eu morra, __________ não estou __________ resfriado.

A) contudo / tão
B) mas / sequer
C) apesar de que / gravemente
D) porém lamentavelmente / realmente
E) e isso que / nem totalmente

40) Os estudantes vão à universidade para ________, não para ________.

A) dormir / morrer
B) beber / pensar
C) estudar / protestar
D) chorar / ler
E) comprar / ficar olhando as vitrines

41) E se ainda tiverem ______, é para isso que existe ______.

A) esperanças / a realidade
B) frustrações / a bebida
C) ilusões / o vazio
D) pedras / a polícia
E) neurônios / o crack

42) Para ____ isso é impossível, mas para ____ tudo é possível.

A) os homens / as mulheres
B) Teresa / Paola
C) a direita / a esquerda
D) o capitão Kirk / o senhor Spock
E) os pobres / os ricos

43) Para ____ isso é impossível, mas para ____ tudo é possível.

A) meu pai / minha mãe
B) um pisciano / um leonino
C) mim / você
D) McCartney / Lennon
E) amanhã / depois de amanhã

44) Se ____ que havia em ti se tornou ____, quão terríveis serão ________!

A) a luz / trevas / suas trevas
B) a escuridão / luz / suas luminárias
C) a doçura / luxúria / suas pernas
D) o amor / fúria / seus divórcios
E) o humor / amargura / seus livros

45) Se alguém lhe bater numa ________, ofereça a outra.

A) face
B) costela
C) canela
D) orelha
E) ovelha

46) Quero juntar estas palavras, ________ nada tenha sentido.

A) ainda que
B) para que
C) e que
D) mas que
E) até que

47) Procuro frases que ________ aparecem nos livros.

A) às vezes
B) nunca
C) sempre
D) só
E) nem sequer

48) Você não ______, você não ______, você não ______.

A) é bom / é mau / está errado
B) está errado / está certo / está aqui
C) está aqui / está lá / se foi
D) se foi / está por perto / me pertence
E) me pertence / me pertence / me pertence

49) Na noite passada sonhei que você ______ e eu ______ e nós ______ juntos.

A) estava aqui / estava aqui / estávamos deitados
B) estava chegando lá / estava chegando lá / estávamos chegando lá
C) estava longe / estava longe / estávamos caminhando
D) estava longe / não estava / não estávamos
E) estava doente / estava morto / estávamos quase

50) Na noite passada sonhei que você era _____ e eu era _____ e nós estávamos _____ juntos.

A) um cachorro / um cachorro / latindo
B) uma perna / uma perna / dançando
C) um dente / um dente / mordendo
D) uma freira / um padre / dormindo
E) um fantasma / um fantasma / sempre

51) Você foi um péssimo filho, _____ escreve. Você foi um péssimo pai, _____ escreve. Está sozinho, _____ escreve.

A) por isso / por isso / por isso
B) e é sobre isso que / e é sobre isso que / e é sobre isso que
C) mas / mas / mas
D) e não / e não / e não
E) e / e / e

52) Você foi um péssimo filho, por isso escreve _____. Você foi um péssimo pai, por isso escreve _____. Está sozinho, por isso escreve _____.

A) cartas / cartas / cartas
B) romances / contos / poemas
C) mal / mal / mal
D) seu testamento / seu testamento / seu testamento
E) tanto / tanto / tanto

53) Você foi um péssimo filho, mas _____. Você foi um péssimo pai, mas _____. Está sozinho, mas _____.

A) votam em você / votam em você / votam em você
B) eu te amo / eu te amo / eu te amo
C) nem tanto / nem tanto / nem tanto
D) você sabe disso / você sabe disso / você sabe disso
E) ninguém sabe / ninguém sabe / ninguém sabe

54) Você foi um péssimo filho, mas ________. Você foi um péssimo pai, mas ________. Está sozinho, mas ________.

A) é feliz / é feliz / é feliz
B) é tão difícil ser filho / é tão difícil ser pai / quem não está (?)
C) um bom soldado / um bom cristão / Jesus está contigo
D) um excelente lateral direito / me emprestou trinta mil pilas / se diverte
E) seu pai morreu há tanto tempo / seu filho morreu há tanto tempo / quer ficar sozinho

IV. Eliminação de orações

Nos exercícios 55 a 66, marque quais orações, frases ou parágrafos do enunciado podem ser eliminados, seja por não acrescentarem informações, seja por não possuírem relação com o texto.

55)

(1) Por muitos anos ninguém veio visitar meu túmulo.

(2) Também não esperava que viesse alguém, para dizer a verdade.

(3) Mas hoje uma mulher veio deixar flores para mim.

(4) Quatro rosas vermelhas, duas cor-de-rosa e uma branca.

(5) Não sei quem é, não me lembro de tê-la conhecido.

(6) Acho que ela não sabe que fui um merda.

A) Nenhuma

B) 2

C) 4

D) 5

E) 6

56)

(1) Tem uns hambúrgueres na geladeira.
(2) E também alface e mostarda.
(3) Fui à praia com as crianças.
(4) É normal, são meus filhos também.
(5) Tenho medo de você.
(6) Eles também têm medo de você.
(7) E isso também é normal.

A) Nenhuma.
B) 1 e 2
C) 2
D) 4
E) 7

57)

(1) O toque de recolher consiste na proibição de circular livremente pelas ruas de determinado território.

(2) Costuma ser decretado em tempos de guerra ou de revoltas populares.

(3) No Chile, a ditadura o impôs de 11 de setembro de 1973 até 2 de janeiro de 1987.

(4) Numa noite de verão, meu pai saiu para caminhar sem rumo certo. Acabou ficando tarde, teve de dormir na casa de uma amiga.

(5) Fizeram amor, ela engravidou, eu nasci.

A) Nenhuma.

B) 5

C) 1, 2 e 3

D) 4 e 5

E) 2

58)

(1) Não queria falar sobre você, mas é inevitável.
(2) Agora mesmo estou falando sobre você. E você está lendo, e sabe disso.
(3) Agora eu sou um texto que você está lendo e que não queria que existisse.
(4) Te odeio.
(5) Você queria ter o mesmo poder dos censores.
(6) Para que ninguém mais lesse estas frases.
(7) Te odeio.
(8) Você fodeu com a minha vida.
(9) Agora sou um texto que você não pode apagar.

A) Nenhuma.
B) A
C) B
D) C
E) D

59)

(1) Foi diagnosticada com câncer de mama aos 65 anos.
(2) Tiveram de extrair um de seus seios.
(3) Pouco tempo depois começou o Alzheimer.
(4) Não reconhecia os filhos, os netos, ninguém.
(5) Não reconhecia nem a mim.
(6) Mas nunca esquecia que não tinha mais um dos seios.

A) Nenhuma
B) 1
C) 2
D) 4
E) 5

60)

(1) Só vi o pai da minha mãe três vezes na vida. Não se sabe bem quantos filhos ele teve: mais de vinte, menos de trinta, segundo os cálculos da minha mãe.

(2) A primeira vez foi ele que veio à nossa casa de noite, estávamos prestes a dormir. Apresentou-nos a Verônica, sua caçula, que tinha quatro ou cinco anos, era mais nova que eu.

(3) Deem um oi para sua tia Verito, ele disse para mim e para minha irmã. E depois: eu anoto as datas dos aniversários de todos vocês, nunca esqueço dos meus netos.

(4) Foram embora quase à meia-noite, numa Renoleta. Fazia frio. Minha mãe acabou tendo que emprestar um suéter da minha irmã para a Verito.

(5) Nunca vão te devolver esse suéter, minha mãe disse à minha irmã, contendo a raiva, ou talvez resignada, enquanto tomávamos o café da manhã no dia seguinte.

(6) A segunda vez que o vi, tempos depois, foi num aniversário da minha mãe.

(7) Ela estava feliz. Lembro daquela frase absurda e verdadeira: *ele vai ser sempre meu pai.*

(8) A última vez que o vi foi num hospital. Dividia o quarto com três outros velhos moribundos. Minha mãe me disse para entrar e falar com ele, para me despedir.

(9) Olhei para os velhos, eram todos muito parecidos. Tentei distinguir qual era o pai da minha mãe, mas não consegui. Fiquei olhando um pouco para eles e fui embora.

A) Nenhuma.
B) 3
C) 4 e 5
D) 7
E) 8 e 9

61)

(1) Enquanto preparamos o chá, Mariela me conta que em seu colégio havia uma freira grávida.

(2) Pergunto onde, quando. No Mater Dei. Eu era muito pequena, estava no quarto ano do primário.

(3) Os olhos de Mariela são castanhos. Por um segundo consigo imaginar seu rosto quando criança.

(4) Eles a deixavam escondida, mas uma vez a vimos, diz. Pediram que a gente guardasse segredo sobre aquilo.

(5) Pergunto se guardaram mesmo o segredo. Não sei quanto a minhas colegas, ela responde, mas eu guardei, sim.

(6) Você é a primeira pessoa para quem eu conto, diz.

(7) Trinta anos depois?

(8) Isso, trinta, ela diz.

(9) Baixa o olhar em direção às mãos. Também olho para as mãos dela.

(10) Belisca ou acaricia uma migalha de pão. Acende um cigarro.

(11) Não, diz depois, pensativa: trinta e cinco.

A) Nenhuma.
B) 3
C) 9
D) 10
E) 11

62)

(1) No Chile ninguém se cumprimenta dentro dos elevadores. Você entra e finge que não enxerga, que é cego. E, se cumprimentar, te olham torto, às vezes nem sequer cumprimentam de volta. Compartilha-se a fragilidade em silêncio, como um sacrifício.

(2) O que é que custa as pessoas se cumprimentarem, você pensa, enquanto a porta se abre num andar intermediário. Já são nove, dez pessoas, não cabe mais ninguém. Dos fones de alguém ouve-se uma música que você conhece e gosta.

(3) Seria mais fácil abraçar a mulher à sua frente. O que vocês compartilham agora é o esforço de evitar encostar um no outro.

(4) Você se lembra de um castigo que recebeu quando criança, aos oito anos: estava no banheiro feminino beijando uma colega. Não era a primeira vez que se beijavam, era uma brincadeira, um desafio. Uma professora os flagrou, repreendeu-os e os levou para a diretoria.

(5) O castigo foi obrigá-los a ficar no meio do pátio um de frente para o outro, com as duas mãos dadas, olhando-se fixamente, durante todo o recreio, enquanto o resto das crianças gritava bobagens para os dois.

(6) Ela chorava de vergonha. Você estava quase chorando, mas conseguiu manter o olhar fixo no rosto dela, sentindo uma espécie de fogo triste. Chamava-se Rocío, a menina.

(7) Quanto tempo durava o recreio? Dez minutos, ou talvez quinze. Nunca mais você olhou para o rosto de alguém por quinze minutos inteiros.

(8) Seria mais fácil abraçar de uma vez a desconhecida a sua frente. Ambos baixam a vista, você é mais alto e se concentra no cabelo preto dela, que ainda está molhado.

(9) Os fios embolados do cabelo longo e liso: você pensa nas cabeleiras que já desembaraçou algumas manhãs, com cuidado. Aprendeu a técnica. Sabe desembaraçar o cabelo dos outros.

(10) Quase todos já saíram do elevador, ficaram apenas você e ela. Aproveitaram cada nova porção de espaço disponível para se distanciar. Podiam estar ainda mais separados, cada um se aboletando em seu canto, mas isso seria uma demonstração de algo, seria o mesmo que se abraçar.

(11) Ela sai um andar antes do seu. É estranho e de algum modo horrível que, ao ver seu próprio corpo multiplicado nos espelhos, você sinta o enorme alívio que está sentindo agora.

(12) No Chile ninguém se cumprimenta dentro dos elevadores, você diz, de noite, num jantar com amigos estrangeiros. No meu país também não, alguém responde, talvez por educação. Mas no Chile realmente ninguém se cumprimenta, ninguém olha para ninguém num elevador, você insiste.

(13) Cada um finge a própria ausência. É possível que velhos amigos, inimigos ou mesmo amantes venham a compartilhar o elevador sem nunca sabê-lo.

(14) Você acrescenta lugares-comuns sobre a identidade chilena, rudimentos sociológicos. Ao falar, pensa que está traindo algo. Sente uma pontada, o peso da impostura.

(15) No Chile ninguém se cumprimenta dentro dos elevadores, diz de novo, como se fosse um refrão, num jantar em que você compete para ser o melhor observador a habitar o pior país de todos.

A) Nenhuma.

B) 4, 5, 6 e 7

C) 8 e 9

D) 3, 4, 5, 6, 7, 8, 9, 10, 11

E) 1, 2, 3, 8, 9, 10, 11, 12, 13, 14, 15

63)

(1) Eu era amigo, compadre dele. Eu o conhecia bem. E não é verdade o que estão dizendo. Algumas coisas sim, mas não todas. O que estão dizendo me incomoda, dói. É como se estivessem falando de mim.

(2) É verdade que ele achava repugnante quem era bicha, mas não mandou ninguém embora por causa disso. Todo mundo sabia que o Salazar queimava a rosca; era só olhar para ele. Mas era um frouxo. Meu compadre o despediu por ser frouxo, não por ser veado.

(3) Não é verdade que tratava mal a empregada. Se ela ficou tantos anos na casa, por algum motivo deve ser. Chamava-a com a campainha, às vezes até dizia por favor ao pedir as coisas. No Natal sempre dava de presente um uniforme novinho, impecável. E em fevereiro a levava junto para a casa em Frutillar. Um mês veraneando de graça, a velha.

(4) E qual é o problema, se me permite, da campainha? Quer dizer, é melhor tratar a empregada a gritos?

(5) É verdade que ele não gostava dos mapuche, mas é que agora é preciso respeitar todo mundo. Que merda, não se pode falar nada, tudo é ofensivo, todo mundo reclama. Meu compadre foi coerente, até o fim. Dizia o que pensava, esse foi seu único pecado.

(6) E para que dar tanta bola para os mapuche; não foram eles que perderam a guerra? Do mesmo jeito que os peruanos, os bolivianos; perderam, e pronto. Agora vivem chorando que não têm mar e querendo rever os mapas. Parecem criancinhas pedindo coisas para os pais.

(7) Agora há muitos dizendo que não sabiam dos desaparecimentos, das torturas, dos assassinatos. Claro que

sabiam. Ele sabia, eu sabia, todo mundo sabia. Como que a gente não ia saber? Lembro de uma vez, anos atrás: estávamos em Roma, num hotel fantástico, e um exilado de mão dada com uma ruiva magrinha se aproximou de nós. Não simpatizei com o exilado, achei-o um tipo polemista e além do mais bochechudo, mas meu compadre acabou ficando muito amigo dele, depois até fizeram negócios juntos.

(8) Meu compadre não discriminava ninguém, era capaz de fazer negócios com todo mundo, sem se importar com raça, credo ou opiniões políticas. Não ficava pedindo favores por aí. Meu compadre trabalhou a vida toda.

(9) Nunca, em quarenta e nove anos de casamento, chifrou a Tutú. Não comeu nem aquela secretária, a Vania, que deixava ele maluco de tanto mostrar a calcinha. Lembro de ouvi-lo dizer, meio desesperado, que se dormisse com a Vania não conseguiria mais olhar o padre Carlos nos olhos. Depois soubemos que o padre Carlos era mais mulherengo que o Julio Iglesias.

(10) Quero insistir nisso, porque mostra cabalmente a estatura moral do meu compadre: nunca chifrou a Tutú e também não ia atrás de putas. Simplesmente não gostava de se meter com putas. Cada maluco com a sua mania.

(11) Fazia doações não apenas aos Legionários de Cristo: acho que meu compadre era viciado em doações, não parava de ajudar o próximo, padecia de uma doença chamada solidariedade. E no fim do ano dava a cada um de seus empregados uma caixa com mercadorias bastante dignas.

(12) Digam o que quiserem dele, é muito fácil falar mal agora que está morto. Mas gostaria que soubessem que meu compadre não está tão morto assim, ele ainda tem a mim, nunca deixarei de estar pronto para o combate por ele. Sempre vou defendê-lo. Sempre, compadre: sempre.

A) Nenhuma.

B) Todas.

C) 4

D) 9 e 10

E) 2, 3, 4, 5, 6, 7, 8, 9, 10, 11

64)

(1) Perguntam por meu nome e eu respondo: Manuel Contreras. Perguntam se sou Manuel Contreras. Respondo que sim. Perguntam se sou o filho de Manuel Contreras. Respondo que sou Manuel Contreras.

(2) Uma vez peguei a lista telefônica e arranquei a página com meu nome, nosso nome. Contei vinte e dois Manuel Contreras em Santiago. Não sei o que estava procurando: o consolo dos tolos, talvez. Mas depois enfiei a folha no triturador de papel. Ter um nome e um sobrenome comuns não me adiantou de nada.

(3) Como é ser o filho de um dos maiores criminosos da história do Chile? Como é pensar que seu pai foi condenado a mais de trezentos anos de prisão? Você sente o ódio que têm as famílias que seu pai destruiu?

(4) Não consigo responder a essas perguntas que sempre me fazem. Perguntam com raiva, mas também com curiosidade. Imagino que cause curiosidade mesmo.

(5) Eu também sinto curiosidade. Como é *não* ser o filho de um dos maiores criminosos da história do Chile? Como é ter um pai que não assassinou ninguém, não torturou ninguém?

(6) Preciso dizer que meu pai é inocente. Preciso dizer isso. Tenho que dizer isso. Sou obrigado a dizer isso. Meu pai me mata se eu não disser que ele é inocente. Nós, filhos de assassinos, não podemos matar o pai.

(7) Decidi não ter filhos. Precisei me dedicar a meu pai. Ele está doente. A piora de seu estado de saúde é pública, sai nos jornais.

(8) Quando meu pai morrer, poderei ter uma vida e um filho. Ele será o filho de Manuel Contreras. Mas não darei a ele o nome de Manuel. Vou falar para a mãe escolher outro nome. Não quero ser o pai de Manuel Contreras.

(9) Já foi o bastante ser o filho de Manuel Contreras. Não quero ser também o pai de Manuel Contreras. Melhor se for uma menina.

(10) Não sou eu quem fala. Alguém fala por mim. Alguém que emula a minha voz. Meu pai vai morrer em breve. A pessoa que emula a minha voz sabe disso e não se importa.

(11) Talvez meu pai já esteja morto quando publicarem o livro que o filho da puta que emula a minha voz está escrevendo. E as pessoas pensarão que em minha voz fingida há algo de verdadeiro. Embora não seja a minha voz. Embora eu nunca fosse dizer o que estou dizendo agora. Embora ninguém tenha o direito de falar por mim. De me expor ao ridículo. É fácil rir de mim. Me culpar, se compadecer de mim. Não há mérito literário algum nisso.

(12) Palmas para o escritor, por sua engenhosidade. Batam palmas, como esse tipo de gente deve receber palmas. Batam palmas na cara dele, com as duas mãos, até que seja impossível distinguir de onde está saindo o sangue.

(13) Agora está dizendo que dou ordens, que sei torturar. Que sou filho de peixe. Agora está dizendo que eu mando enfiarem um perfurador de metal no ânus dele.

(14) Agora está dizendo que eu não tenho o direito de desafiar meu próprio destino. Que sou um morto-vivo. Que digo o que não digo. Que até lhe agradeço por falar por mim. Agora continua em busca de palavras para tatuá-las em meu peito com a broca mais espessa da furadeira.

A) Nenhuma.

B) 9

C) 10, 11 e 12

D) 13 e 14

E) 14

65)

(1) Com o dinheiro da loteria, o velho decidiu realizar o sonho de sua vida, mas como o sonho de sua vida era ganhar na loteria, não sabia o que fazer. De cara comprou um Peugeot 505 e me contratou para dirigi-lo.

(2) Um sábado fui buscá-lo: o plano era ir ao Clube Hípico, mas ele estava assistindo ao *Sábados Gigantes* e estava com preguiça de sair. Ofereceu-me uma cerveja, vimos juntos o quadro "Você não Conhece o Chile": Dom Francisco passeava por Ancud e por Castro, entrevistava os habitantes de umas palafitas, ajudava a preparar um curanto, vestia com certa dificuldade um gorro típico de Chiloé.

(3) É isso que vamos fazer, me disse, como que tendo uma epifania: percorrer o Chile no carro novo. Perguntei por que não viajar pelo mundo, como o próprio Dom Francisco em "A câmera estrangeira". Respondeu-me que antes de conhecer o mundo era preciso conhecer bem o próprio país. Perguntei se começaríamos pelo norte ou pelo sul. Pelo norte, idiota, pelo norte, como é que vamos começar pelo sul? É de norte a sul que se faz essa merda.

(4) Sua opinião ao final da viagem: o Chile é um país belíssimo. As pessoas reclamam o tempo todo que não existe liberdade, reclamam da ditadura e de tudo o mais, mas não percebem que o Chile é um país belíssimo.

(5) Eu também gostei do que vi do meu país, mas lembro de pouca coisa. Dirigia igual a um zumbi, ao compasso dos roncos assustadores do velho. Às vezes via, de relance, o brilho da baba em sua boca aberta. Quando estava acordado, não gostava de ouvir música, só me

pedia para pôr umas fitas de Coco Legrand fazendo piadas. Cheguei a odiar Coco Legrand: suas piadas, sua voz, tudo.

(6) Lembro do frio perto de Los Vilos. Eu fumava sozinho no acostamento, enquanto a cinco metros, no banco traseiro do carro, o velho se divertia com umas putas peitudas e tristes. De Iquique me lembro da vez em que o acordei na praia de Cavancha e ele achou que eu era um ladrão. Em Pelluhue uma onda enorme quase o levou embora, tive que entrar na água de cueca para salvá-lo. Em Pichilemu começou a repreender dois maconheiros que, apesar de serem pacifistas, ainda assim queriam dar umas cacetadas nele depois. Também precisei defendê-lo em Talca, Angol e Temuco.

(7) Lembro do medo que eu sentia nos restaurantes quando o velho começava a se gabar para os garçons. Meu único momento de liberdade foi quando ele passou mal do estômago e teve que se internar numa clínica perto de Puerto Montt. Nesses dias fui moderadamente feliz, embora talvez apenas por algumas horas, estacionado perto do centro, comendo empanadas de queijo enquanto escutava Los Ángeles Negros e Los Prisioneros e a chuva caía. E em Cañete: também fui feliz em Cañete, mas já não me lembro por quê.

(8) O velho me pagou bem, é preciso dizer. Depois foi conhecer a Europa e os Estados Unidos, e perdemos contato. Um dia me ligou para perguntar se eu conhecia alguém que pudesse escrever sua biografia. Disse que eu mesmo poderia fazê-lo, que tinha virado escritor. Não era verdade, mas eu precisava da grana. Ele acreditou.

(9) Combinamos um valor por palavra, e a única coisa que importava era que o livro fosse grosso. Pus-me então a escrever a sua história. Encontrava-o todas as manhãs para ouvi-lo. Era presunçoso, um péssimo observador, arrogante, mas eu o escutava com atenção e anotava tudo. Os espanhóis são simpáticos, dizia de repente, por exemplo. Os espanhóis de onde, eu perguntava. Como de onde, imbecil, os espanhóis da Espanha, respondia.

(10) Também tive que entrevistar os filhos dele, um homem e uma mulher com cara de desamparados, mais ou menos da minha idade, que diziam amar e admirar o velho, e também falei com sua ex-mulher, uma senhora que estava sempre com um rosário na mão direita e falava pelos cotovelos. Era óbvio que mentiam o tempo todo, não entendia por que haviam aceitado colaborar. Depois soube que meu chefe tinha duplicado a mesada de cada um.

(11) Uma vez perguntei, sem más intenções, se ele achava que o dinheiro o havia mudado. Olha as perguntas idiotas que você faz, seu merdinha: é claro que sim, respondeu. O dinheiro muda qualquer um. Depois perguntei sua opinião sobre Pinochet, que eu já sabia, só queria checar. Era 1987, um ano depois do atentado ao general, um antes do plebiscito: adverti-o de que a opinião dos chilenos sobre Pinochet mudaria nos anos seguintes, ganhando o sim para sua permanência ou o não para sua saída do poder, e que por isso talvez não fosse recomendável ele se revelar um fervoroso partidário do ditador. Quero que fique claro no meu livro que acho que Pinochet salvou o Chile e

que quero que esses mongóis que tentaram matá-lo apodreçam no inferno, respondeu.

(12) Perguntei o que pensava de Dom Francisco. Dom Francisco sempre foi minha inspiração, respondeu. Dom Francisco viajou o mundo todo, eu disse, já o Pinochet não é convidado para ir a lugar algum. Não sei por que falei isso. Ele ficou pensando. Peguei umas batatas e acrescentei que Dom Francisco tinha nos mostrado o Chile que Pinochet destruíra. Vai para a puta que te pariu, ele respondeu.

(13) Fiquei calado, estava acostumado a essas humilhações. Afinal de contas, eu era apenas um *ghost-writer*. Trabalhei mais dois meses e terminei o livro. Trezentas e cinquenta e nove páginas. Tenho vergonha de confessar que fiquei orgulhoso de algumas passagens, que me pareciam bem escritas, eloquentes. O livro era um lixo, mas ao menos havia algumas frases, a meu ver, inspiradas, umas viradas elegantes, até meio barrocas. Ele pagou uma edição de quinhentos exemplares. *Meu caminho pelo mundo e pela minha pátria*, foi esse o título que escolheu.

(14) Pensei que nunca mais o veria. Durante quinze anos não soube nada dele, até que me ligou. Perguntei como conseguira meu número. Tenho meus recursos, disse. Contou que estava doente, que talvez morresse em breve, e queria que corrigíssemos algumas coisas no livro, para uma segunda edição. Perguntei se a primeira tinha esgotado. Sobraram uns cem livros comigo, disse, mas não é suficiente. Que coisas você quer corrigir, perguntei. Só os erros de ortografia, o velho de merda me respondeu.

A) Nenhuma
B) Todas
C) Qualquer uma
D) A
E) B

66)

(1) Tenho seis filhos, quatro homens e duas mulheres. Uma é lésbica, mas a amo mesmo assim, porque é uma boa pessoa. Se for classificar meus filhos nesses termos, quatro são boas pessoas e dois são más pessoas. Cem por cento das mulheres: boas. Homens maus: cinquenta por cento.

(2) Conforme suas idades: o mais velho tem 45 anos e o mais novo, 29. Conforme suas mães: Eleonora (dois rapazes e as duas meninas), Silvana (um), Daniela (o caçula).

(3) Sugeri nomes para todos os meus filhos, mas só consegui fazer minha vontade prevalecer em dois dos seis casos.

(4) Filhos meus com pintas no rosto: três. Com o queixo repartido: dois. Cílios compridos: dois.

(5) Quatro dos meus filhos foram me ver na clínica quando fui operado para extrair o rim esquerdo. Os outros dois não foram, mas me ligaram.

(6) Porcentagem de filhos meus que algum dia disseram te odeio: 33,3%.

(7) Porcentagem de filhos meus que declararam seu ódio a mim não com palavras, mas com ações (soco no olho esquerdo): 16,6%.

(8) Filhos meus que algum dia me pediram perdão: quatro.

(9) Dois de meus filhos aprenderam antes dos três anos a cortar as próprias unhas e a amarrar os sapatos. A todos ensinei a dirigir antes dos dezoito.

(10) Filhos meus que já atropelaram cachorros: dois. Filhos meus que já atropelaram pessoas: um.

(11) Filhos meus que trabalham no setor público: dois. Privado: dois. Nem público nem privado: dois.

(12) Eleições presidenciais do Chile, ano de 2013, votação dos meus filhos no primeiro turno:

Michelle Bachelet: dois.
Marcel Claude: zero.
Marco Enríquez-Ominami: zero.
Tomás Jocelyn-Holt: zero.
Ricardo Israel: um.
Evelyn Matthei: um.
Roxana Miranda: um.
Franco Parisi: zero.
Alfredo Sfeir: um.
Votos nulos: zero.
Votos em branco: zero.

(13) Votação dos meus filhos no segundo turno: três em Bachelet, um em Matthei, um nulo, um - uma - não foi votar.

(14) Filhos meus que já dormiram na cadeia mais de duas noites seguidas: zero.

(15) Filhos meus farmacodependentes: cinco. Fluoxetina: dois. Clonazepam: dois. Lítio: um. Filhos meus com pés chatos: 100%. Filhos meus com pés chatos que se negaram a usar palmilhas: dois. Filhos meus operados de apendicite: três.

(16) Cinco dos meus filhos têm miopia e quatro padecem, também, de astigmatismo.

(17) Dos meus cinco filhos com problemas na vista, dois quiseram operar, mas não tinham dinheiro para isso. Três usam óculos, dois preferem lentes de contato. Dos três que usam óculos, dois preferem armações retangulares e grossas. O restante não tem jeito: usa

armações redondas, mesmo sabendo que quem tem rosto redondo deveria usar armações quadradas ou retangulares.

(18) No geral, quando organizo meus almoços, dois dos meus filhos falam sobre política e dois sobre futebol. O mais velho costuma relatar suas intermináveis confusões amorosas e o outro permanece em silêncio absoluto, do jeito que fazia quando era criança, sempre olhando para o prato, como se estivesse analisando a comida com rigor.

(19) Filhos meus que costumam me pedir dinheiro emprestado para comprar remédios: dois. Para ir ao hipódromo: um. Para pagar dívidas: dois.

(20) Filhos meus pelos quais eu daria a vida: pelo menos três.

(21) Filhos meus planejados: quatro.

(22) Filhos meus que, nos momentos de angústia, me contam seus problemas: três. Filhos meus aos quais, nos momentos de angústia, conto meus problemas: dois.

(23) Filhos meus que estarão presentes no meu funeral: seis.

(24) Filhos meus que cuspirão no meu túmulo: um.

(25) Filhos meus que têm filhos: zero.

A) Nenhuma.

B) Qualquer uma.

C) Todas.

D) 21

E) 25

V. Compreensão de leitura

A seguir você encontrará três textos, cada um seguido por perguntas ou problemas baseados em seu conteúdo. Cada exercício possui cinco alternativas. Assinale a que lhe parecer mais apropriada.

TEXTO Nº 1

Com tantos guias de leitura, provas intermediárias, finais e de peso duplo, era impossível não aprendermos algo, mas quase tudo esquecíamos rapidamente, e temo que para sempre. O que aprendemos à perfeição, contudo, o que nunca esqueceríamos, foi colar nas provas. Não seria difícil improvisar um elogio da cola que, com letra ínfima, porém legível, reproduzia toda a matéria num minúsculo bilhete de ônibus. Mas de pouco serviria essa obra admirável se não tivéssemos a destreza e a audácia necessárias nos momentos-chave: o talento para perceber o instante em que o professor baixava a guarda e começavam os dez, vinte segundos de ouro.

Justamente nesse colégio, em teoria o mais exigente do Chile, colar era bem mais fácil, pois boa parte das provas era objetiva. Faltavam muitos anos para prestarmos a Prova de Aptidão Acadêmica, mas a maioria dos professores já queria nos familiarizar com os exercícios de múltipla escolha, e, embora projetassem duas ou até quatro provas diferentes, sempre achávamos um jeito de repassar a informação. Não tínhamos que escrever, não tínhamos que opinar, não tínhamos que desenvolver nada, nenhuma ideia própria: era preciso apenas entrar no jogo e adivinhar a pegadinha. Claro que estudávamos, às vezes muito, mas nunca o suficiente. Imagino que a ideia era baixar nossa bola. Mesmo que nos dedicássemos por inteiro ao estudo, sabíamos que ainda assim haveria duas ou três perguntas impossíveis, mas não reclamávamos, entendíamos a mensagem: colar era parte da coisa.

Acho que graças à cola acabamos saindo um pouco do nosso individualismo e começamos a nos tornar uma comunidade. É triste dizer isso dessa maneira, mas colar nos tornou solidários. De vez em quando éramos invadidos pela culpa, por uma sensação de fraude, sobretudo se pensássemos no futuro, mas a indolência e a negligência prevaleciam.

• • •

A aula de religião era algo à parte, porque a nota não entrava na média geral, mas o processo para passar de ano era entediante e longo, e as aulas de Segovia, muito divertidas. O professor monologava sem pausas sobre qualquer coisa menos religião; de fato, seu tema favorito era sexo, em especial com quais professoras transaria. O momento mais engraçado vinha no final, quando Segovia promovia uma roda de confissões rápidas: cada um deveria dizer um pecado e, depois de escutar os quarenta e cinco - que iam desde *fiquei com o troco para mim* e *quero agarrar os peitos da vizinha* até *bati punheta no recreio*, grande clássico -, o professor nos dizia que nenhum de nossos pecados era imperdoável.

Acho que foi o Cordero que, numa aula, confessou que havia colado em matemática, e como Segovia não esboçou reação, todos fomos acrescentando variações daquilo: colei na prova de espanhol, no teste de ciências, no teste de resistência física (gargalhadas) etc. Segovia tentou conter o riso antes de dizer que nos perdoava, mas avisou para tratarmos de nunca ser pegos, porque isso sim seria grave. De repente, porém, ficou sério: se vocês são trapaceiros desse jeito aos doze anos, disse, aos quarenta vão ser piores que os gêmeos Covarrubias. Perguntamos quem eram os gêmeos Covarrubias e ele fez menção de nos contar, mas se arrependeu. Insistimos, mas não quis dizer. Depois perguntamos para outros professores e até para o orientador, mas ninguém queria nos contar a história. Os motivos eram difusos: era um segredo, era algo delicado. De qualquer modo, logo esquecemos do assunto.

Cinco anos depois, em 1993, quando já estávamos no último ano do colegial, num dia em que eu, Cordero, Parraguez e o pequeno Carlos matamos aula, encontramos com o professor de religião na saída do bilhar de Tarapacá. Não dava mais aulas, tinha virado condutor do metrô, era seu dia de folga. Pagou uma Coca-Cola pra gente e pediu um pisco pequeno, embora fosse cedo para começar a beber. Foi então que enfim nos contou a história dos gêmeos Covarrubias.

• • •

A tradição da família Covarrubias ditava que o primeiro filho homem deveria se chamar Luis Antonio, mas quando Covarrubias pai soube que eram gêmeos, preferiu dividir o nome entre os irmãos. Durante seus primeiros anos de vida, Luis e Antonio Covarrubias desfrutaram - ou sofreram - do tratamento excessivamente igualitário que os pais costumam dar a gêmeos: o mesmo corte de cabelo, a mesma roupa, a mesma turma no mesmo colégio.

Quando os meninos tinham dez anos, Covarrubias pai instalou uma divisória no quarto e, com um serrote, transformou o antigo beliche em duas camas idênticas. A ideia era dar aos gêmeos certa privacidade, mas a mudança não teve grandes consequências porque continuaram se falando através da divisória todas as noites antes de dormir. Habitavam agora em hemisférios diferentes, mas era um planeta muito pequeno.

Com doze anos entraram no Instituto Nacional, e aí sim ocorreu uma separação. Como os alunos da sexta série eram distribuídos de modo aleatório, pela primeira vez os gêmeos ficaram em turmas diferentes. Estavam visivelmente perdidos naquele colégio tão gigante e impessoal, mas eram fortes, estavam dispostos a sobreviver em suas novas vidas. Apesar da avalanche incontrolável de olhares e piadas estúpidas dos colegas ("parece que estou vendo dois"), sempre se juntavam para lanchar no recreio.

No fim da sétima série tinham de escolher entre artes plásticas e música, e os dois escolheram artes plásticas, esperando que o acaso os unisse novamente, mas não tiveram sorte. No fim da oitava, quando tinham de optar entre francês e inglês, pensaram em escolher francês, que, como atraía poucos candidatos, praticamente garantia que estariam juntos de novo, mas depois de um sermão de Covarrubias pai sobre a importância de saber inglês no mundo competitivo e selvagem de hoje, resignaram-se. No primeiro e no segundo ano do colegial a coisa não melhorou para eles, pois a divisão era por notas, mesmo ambos tendo ótimas qualificações.

Quando passaram para o terceiro ano escolheram a área de humanas e, por fim, ficaram na mesma turma, o Terceiro F. Voltar a ser colegas após quatro anos era divertido e estranho. A semelhança física continuava impressionante, embora o rosto de Luis fosse mais infestado de espinhas e Antonio desse sinais de querer se diferenciar com seu cabelo comprido, ou o que na época era tido como cabelo comprido: a camada de gel que ordenava seus fios dava a Antonio uma aparência menos convencional que a de seu irmão, que mantinha um corte clássico, ao estilo militar, com o cabelo a dois dedos da camisa, como estipulava o regulamento. Antonio também usava calças largas, desafiando as normas, e costumava ir ao colégio de tênis preto em vez de sapato.

Nos primeiros meses, os gêmeos se sentavam juntos, protegiam-se, ajudavam-se mutuamente, apesar de que quando brigavam pareciam se odiar, o que, como se sabe, é a coisa mais natural do mundo: há momentos em que odiamos a nós mesmos, e se vemos em nossa frente alguém que, em quase todos os aspectos, é igual a nós, acaba sendo inevitável orientar o ódio naquela direção. Mas em meados do ano, sem explicação aparente, as brigas ficaram mais acirradas, e nessa mesma época Antonio perdeu todo o interesse pelos estudos. A vida de Luis, por outro lado, seguiu um rumo mais ordenado, manteve seu currículo impecável e seu boletim foi ótimo; de fato, foi o primeiro da turma naquele ano. Contra todas as previsões, seu irmão foi o último, e assim os gêmeos tiveram de se separar novamente.

O orientador do colégio - que era apenas um para quatro mil e tantos alunos, mas se interessava pelo caso dos gêmeos, de modo que ele mesmo chamou os pais para uma reunião - formulou a teoria, não necessariamente verdadeira, de que Antonio teria repetido de ano por conta de um desejo inconsciente (o orientador explicou a eles, de forma rápida e certeira, o que era o inconsciente) de não mais estar na mesma turma que o irmão.

Luis terminou o colegial como se resolvesse uma burocracia, com notas altas, e conseguiu pontuações bem acima da média em todas as provas de entrada para a faculdade, com destaque para história do Chile e ciências sociais, matérias nas quais esteve perto de alcançar as pontuações máximas em nível nacional. Entrou, com uma bolsa por excelência acadêmica, no curso de direito da Universidade do Chile.

• • •

Os gêmeos nunca estiveram tão distantes como durante os primeiros meses universitários de Luis. Antonio sentia inveja ao ver seu irmão sair para a faculdade, já sem o uniforme escolar, enquanto ele continuava naquele colégio. Em algumas manhãs seus horários coincidiam, mas graças a um acordo tácito e elegante - talvez uma versão da famosa telepatia - nunca pegavam o mesmo ônibus.

Continuaram evitando um ao outro, cumprimentando-se apenas, embora soubessem que a distância não poderia durar muito mais tempo. Uma noite, quando Luis já estava no segundo semestre de direito, Antonio voltou a falar com ele através da divisória. Como era a universidade, quis saber. Em que sentido? As garotas, especificou Antonio. Bom, tem umas muito, muito gostosas, respondeu Luis, tentando soar presunçoso. Sei que tem garotas lá, mas quero saber como vocês fazem. Como fazemos o quê?, perguntou Luis, que no fundo sabia o que seu irmão estava perguntando. Como vocês fazem para peidar com elas por perto. A gente tem que aguentar e ponto, respondeu Luis.

Passaram essa noite como em tempos anteriores, como quando eram crianças, falando e rindo enquanto competiam para ver quem peidava ou arrotava melhor, e a partir de então voltaram a ser inseparáveis: mantinham a ilusão de independência, sobretudo de segunda a sexta, mas nos fins de semana sempre saíam juntos, bebiam e faziam algumas substituições divertidas, aproveitando que, graças ao cabelo comprido e à recuperação da pele de Luis, a semelhança física voltara a ser quase total.

O rendimento de Antonio havia melhorado notoriamente, apesar de não ser mais um aluno exemplar. Perto do fim do último colegial, no entanto, sobreveio-lhe uma angústia. Embora se sentisse preparado para a Prova de Aptidão, achava que não iria conseguir as altíssimas pontuações necessárias para entrar em direito na Universidade do Chile, como o irmão. A ideia foi de Antonio, naturalmente, mas Luis aceitou de cara, sem chantagens nem condições, e sem um pingo de medo, porque em nenhum momento achou que fosse possível serem descobertos. Em dezembro daquele ano, Luis Covarrubias se apresentou com a carteira de identidade de seu irmão Antonio para fazer a prova pela segunda vez, e se esforçou bastante, tentando conseguir uma pontuação ainda melhor que a sua no ano anterior: e, de fato, conseguiu a maior pontuação nacional na prova de ciências sociais.

• • •

Mas a gente não tem irmãos gêmeos, Cordero disse naquela tarde, quando Segovia terminou de contar a história. Não sei se chovia ou garoava, mas lembro que o professor usava um casaco azul impermeável. Levantou para comprar cigarros e ao voltar à nossa mesa ficou de pé, talvez para restabelecer uma ordem perdida: o professor de pé, os alunos sentados. Vocês vão se dar bem de qualquer jeito, vocês não sabem como são privilegiados, disse. Porque a gente estuda no Nacional?, perguntei. Ele ficou calado por tanto tempo que não seria mais necessário me responder, fumava e respirava com ansiedade, talvez já um pouco bêbado, mas acabou respondendo: o Nacional é podre, mas todo mundo é podre, disse. Prepararam vocês para isso, para um mundo onde todas as pessoas ferram umas às outras. Vocês vão se dar bem na prova, muito bem, não se preocupem: vocês não foram educados, foram treinados. Soava agressivo, mas não havia desprezo em sua voz, pelo menos não dirigido a nós.

Continuamos em silêncio, já era tarde, quase noite. Ele se sentou de novo, absorto em seus pensamentos. Eu tirava boas notas, disse, quando achamos que não haveria mais palavras: era o melhor da turma, do colégio todo, nunca colei. Mas na prova fui um desastre e por isso tive que estudar pedagogia da religião, sendo que nem acreditava tanto em Deus. Perguntei se agora, como condutor do metrô, ganhava mais grana. O dobro, respondeu. Perguntei se acreditava em Deus e ele respondeu que sim, que agora, mais do que nunca, acreditava em Deus. Nunca me esqueci, nunca vou me esquecer deste gesto: com o cigarro aceso entre o dedo indicador e o médio, olhou para as costas de sua mão esquerda como se procurasse as veias, e a seguir a virou, talvez para comprovar que as linhas da vida, da cabeça e do coração continuavam ali. Despedimo-nos como se fôssemos ou tivéssemos sido amigos. Ele entrou no cinema e nós seguimos pela Bulnes em direção ao parque Almagro para fumar uns baseados.

Nunca mais soube de Segovia. Às vezes, no metrô, quando vou no primeiro vagão, olho para a cabine do condutor e penso que o professor está lá, apertando botões e bocejando. Quanto aos gêmeos Covarrubias, parece que nunca mais se separaram. Tornaram-se advogados idênticos; dizem que é difícil saber qual é o mais brilhante e qual o mais corrupto. Dividem um escritório em Vitacura e cobram o mesmo, cobram o que um serviço bom desse jeito vale: caríssimo.

Exercícios:

67) De acordo com o texto, a experiência dos gêmeos Covarrubias no novo colégio:

A) Marcou seu distanciamento definitivo dos valores que seus pais lhes haviam transmitido.
B) Foi traumática, porque os obrigou a tomar decisões prematuras e levou-os a se distanciar irremediavelmente.
C) Pouco a pouco acabou tornando-os sujeitos valiosos para a sociedade chilena.
D) Transformou dois gêmeos que eram boas pessoas e amigáveis em dois filhos da puta inescrupulosos.
E) Deu início a um período difícil, do qual saíram fortalecidos e prontos para competir neste mundo impiedoso e materialista.

68) O melhor título para este conto é:

A) Como treinar seu irmão gêmeo.
B) Ao mestre, com carinho.
C) As formas solidárias da cola.
D) Abaixo os advogados.
E) Abaixo os advogados gêmeos.

69) Sobre as provas de múltipla escolha ou objetivas, o autor afirma que:

i. Eram comuns naquele colégio, com o fim de preparar os alunos para os exames de entrada na faculdade.
ii. Era mais fácil colar nessas provas, sob todos os pontos de vista.
iii. Não era preciso desenvolver um pensamento próprio.
iv. Os professores preferiam-nas porque assim não precisavam passar o fim de semana corrigindo provas feito malucos.
v. A alternativa correta era quase sempre a D.

A) i e ii
B) i, iii e v
C) ii e v
D) i, ii e iii
E) i, ii e iv

70) O fato de dividir seu nome entre seus filhos gêmeos demonstra que o senhor Luis Antonio Covarrubias era:

A) Inovador.
B) Engenhoso.

C) Equânime.
D) Maçom.
E) Idiota.

71) Pode-se inferir a partir do texto que os professores do colégio:

A) Eram medíocres e cruéis, porque aderiam sem reservas a um modelo educacional podre.
B) Eram cruéis e severos: gostavam de torturar os estudantes enchendo-os de deveres.
C) Morriam de tristeza porque eram extremamente mal pagos.
D) Eram cruéis e severos, porque estavam tristes. Todo mundo andava triste naquele tempo.
E) Meu colega de carteira marcou a C, vou marcar essa também.

72) Do texto depreende-se que:

A) Os estudantes colavam nas provas porque viviam em uma ditadura e isso justifica qualquer coisa.
B) Colar nas provas não era algo ruim, caso fosse feito com prudência.
C) Colar nas provas é parte do processo de formação de qualquer ser humano.
D) Os estudantes com piores notas nas provas de entrada para a faculdade costumam se tornar professores de religião.
E) Os professores de religião são divertidos, mas não necessariamente acreditam em Deus.

73) A finalidade deste conto é:

A) Sugerir uma possível fonte de trabalho para estudantes chilenos de alto rendimento acadêmico e parcos recursos (são poucos, mas existem), que poderiam se dedicar a substituir estudantes desleixados e ricos.
B) Denunciar problemas de segurança na implementação das provas de entrada na universidade e, além disso, promover algum empreendimento relativo a leitores biométricos ou outro sistema que possibilite corroborar a identidade dos candidatos.
C) Promover um escritório de advocacia, apesar dos altos preços que devem custar seus serviços. E se divertir.
D) Legitimar a experiência de uma geração que poderia ser descrita, sem maiores explicações, como uma corja de trapaceiros. E se divertir.
E) Apagar as feridas do passado.

74) Qual das frases do professor Segovia a seguir é, a seu ver, verdadeira?

A) Vocês não foram educados, foram treinados.
B) Vocês não foram educados, foram treinados.
C) Vocês não foram educados, foram treinados.
D) Vocês não foram educados, foram treinados.
E) Vocês não foram educados, foram treinados.

TEXTO Nº 2

Imagino que no dia do casamento estávamos felizes, embora para mim seja difícil entender isso; custo a aceitar que qualquer tipo de felicidade fosse possível naqueles tempos tão amargos. Falo de setembro de 2000, catorze anos atrás, o que é muito tempo: cento e sessenta e oito meses, mais de cinco mil dias.

A festa foi memorável, isso sim, sobretudo depois daquela cerimônia tortuosa e sem graça em nosso apartamento. Na noite anterior fizemos uma faxina pesada, mas acho que mesmo assim os parentes foram embora falando mal, porque a verdade é que aqueles sofás puídos e aquelas manchas de vinho nas paredes e no carpete não contribuíam para dar a sensação de um espaço adequado para celebrar um matrimônio.

A noiva – é claro que me lembro de seu nome, apesar de achar que um dia o esquecerei: que um dia esquecerei até o seu nome – estava linda, mas meus pais não conseguiram entender sua escolha por um vestido preto. Eu coloquei um terno cinza tão brilhante e maltrapilho que um tio me disse que eu parecia mais um office boy que um noivo. O comentário era elitista e estúpido, mas também preciso, porque era justamente aquele traje que eu usava quando era estagiário. Quando penso nele ainda o associo, mais que ao casamento, aos intermináveis dias que passava caminhando pelo centro ou esperando na fila de algum banco, com o cabelo tão curto que chegava a ser humilhante e uma gravata azulada com o nó nunca suficientemente desfeito.

Por sorte a oficial do Registro Civil levou a cabo o processo todo rapidinho, e, depois do champanhe e de um coquetel moderado – lembro, envergonhado, que as batatas fritas ficaram esverdeadas –, almoçamos longamente e tivemos tempo até de tirar um cochilo e mudar de roupa antes de os amigos começarem a chegar; em vez de presentes de casamento, todos levaram, a nosso pedido, generosas contribuições alcoólicas. Havia tanta bebida que logo percebemos que não seríamos capazes de tomar tudo, e como estávamos chapados isso não nos pareceu um problema; debatemos a respeito por muito tempo, embora (como estávamos chapados) talvez não tenha sido por tanto tempo assim.

Então Farra trouxe um enorme galão vazio de vinte e cinco litros que não sei por que ele tinha em casa e começamos a enchê-lo sem pensar no que fazíamos, meio dançando e meio gritando ao mesmo tempo. O risco era altíssimo, mas a beberagem - assim batizamos o líquido, ríamos muito dessa palavra - ficou deliciosa. Gostaria muito de voltar no tempo até o ano 2000 para assim poder registrar a combinação exata que gerou aquela inesperada e saborosa bebida. Adoraria saber quantas garrafas ou caixas de vinho tinto e quantas de branco usamos, qual era a dose de pisco, de vodca, de uísque, de tequila, de gim, de sei lá mais o quê. Lembro que também havia Campari, licores de anis, de menta e de ouro, um resto de sorvete e até uns sucos em pó naquele galão único, irrepetível.

A seguir me lembro de acordarmos deitados na sala: não somente eu e a noiva, mas um monte de gente, inclusive algumas pessoas que eu não conhecia, não sei se eram agregados ou primos da noiva, que tinha - descobri naquela noite - uma quantidade assustadora de primos distantes. Eram talvez dez da manhã, todos estavam com dificuldade de conectar as frases, mas eu queria testar a cafeteira supermoderna que minha irmã tinha nos dado, de modo que preparei litros de café e aos poucos todos começaram a se espreguiçar. Fui até o banheiro grande - o pequeno estava completamente vomitado - e vi minha amiga Maite dormindo na banheira, esparramada de maneira inverossímil, embora parecesse bastante confortável, a bochecha direita apoiada na louça como se ali houvesse uma invejável almofada de plumas. Acordei-a, ofereci uma xícara de café, mas ela preferiu tomar uma cerveja para curar a ressaca.

Depois, perto da uma da tarde, Farra ligou a câmera que tinha levado para filmar a festa, só lembrou àquela hora. Eu estava jogado num canto, tomando o décimo primeiro café, enquanto a noiva dormia em meu peito. Como é a sensação, mané?, Farra me perguntou, imitando o tom de um repórter de entretenimento. De estar casado?, perguntei. Não, de estar casado num país que não tem lei do divórcio. Falei para ele parar de encher o saco, mas insistiu. Disse que seu interesse era genuíno. Eu não queria olhar para a câmera, mas ele continuava gravando. Para que comemorar tanto, soltou depois, inconveniente, se de qualquer jeito vão se separar daqui a alguns anos, você mesmo vai me ligar, vai chegar desesperado ao meu escritório me dizendo para entrar com o pedido da anulação. Não, respondi, incomodado.

A noiva esfregou seus enormes olhos verdes, acariciou meu cabelo, olhou para Farra sorrindo e disse com leveza, como se tivesse passado muito tempo pensando no assunto, que enquanto no Chile não houvesse lei do divórcio nós não nos separaríamos, e depois eu acrescentei, olhando para a câmera com uma atitude desafiadora: vamos continuar casados em sinal de protesto, mesmo se já estivermos nos odiando. Ela me abraçou, nos beijamos, e a noiva disse que queríamos entrar para a história do Chile, queríamos ser o primeiro casal chileno a se divorciar. É uma lei maravilhosa, todo mundo deveria se separar, acrescentei, e ela, olhando também para a câmera, já com a risada geral ao fundo, confirmou: sim, é uma lei admirável.

O Chile é um dos poucos países do mundo sem uma lei do divórcio, alguém disse. O único, retificou outro. Não, vários ainda não têm, disse mais alguém. No Chile, Farra continuou, essa lei já está sendo discutida há anos e nunca vai ser aprovada, muito menos com o lobby escandaloso da Igreja católica; chegaram até a ameaçar excomungar os deputados de direita, se votassem a favor. O mundo vai continuar rindo da gente. Depois alguém disse que a lei do divórcio não era algo urgente, então o diálogo preguiçoso se transformou numa conversa coletiva. Era como se enchêssemos um novo galão, mas desta vez com reivindicações e desejos; quase todos fizeram sua contribuição: o mais urgente é que Pinochet vá para a cadeia, que seja julgado, que fodam com ele, o mais urgente é encontrar os corpos dos mortos, o mais urgente é a educação. Na verdade, o mais urgente, disse outro, aproveitando uma pausa, é que ensinem mapudungun nas escolas, e alguém perguntou se por acaso ele era mapuche - mais ou menos, respondeu. O mais urgente é a saúde (estranhamente, ninguém aproveitou para dizer: saúde!), alguém acrescentou, o mais urgente é voltarmos a ganhar a Libertadores, o mais urgente é ferrar com a Opus Dei, o mais urgente é derrotar Iván Moreira. O mais urgente é combater a delinquência, acrescentou algum dos primos distantes da noiva, chamando a atenção de todos, mas logo esclareceu que era uma piada.

Vivemos no país da espera, disse então o poeta. Havia vários poetas na festa, mas apenas ele merecia ser chamado assim, pois costumava falar como poeta, mais precisamente com o tom inconfundível de um poeta bêbado, de um poeta chileno bêbado, de um jovem poeta chileno bêbado: vivemos no país da espera, vivemos esperando algo, o Chile é uma enorme sala de espera e vamos morrer esperando o nosso número. Que número?, alguém perguntou. O número que te dão nas salas de espera, imbecil, responderam. Houve um silêncio total e eu aproveitei para fechar os olhos, mas abri-os de volta imediatamente, tudo girava a meu redor.

Você fala bonito pra caralho, Maite disse então ao poeta, adorei você: o único problema é que o teu pau é muito pequeno. E como você sabe disso?, o poeta respondeu, e ela confessou ter passado horas escondida na banheira observando os pênis dos homens que iam mijar. O poeta disse, com um leve porém convincente tom científico, que o tamanho do pênis mijando não era representativo em relação a seu tamanho ereto, e houve um rumor de aprovação geral. Então tá, me mostra ele ereto, Maite disse, atirada. Não dá, estou bêbado demais, ele não vai ficar duro. Se quiser você pode me pagar um boquete, mas tenho certeza de que ele não vai ficar duro. Foram para o banheiro ou para a casa do poeta, não me lembro mais.

Desculpem, Farra nos disse mais tarde, com a câmera desligada, antes de ir embora, imagino que arrependido: não quero que vocês se separem. Mas se por acaso vierem a se separar, já sabem que podem contar comigo, os dois: eu os separo de graça. Não sei se sorrimos, agora acho que sim, mas deve ter sido um sorriso amargo. Os convidados foram indo aos poucos, já era noite quando ficamos enfim sós. Atiramo-nos na cama e dormimos cerca de doze horas seguidas, abraçados. Sempre dormíamos abraçados. Nós nos amávamos, claro que sim. Nos amávamos.

Dois anos depois, assim como Farra havia previsto, fomos nos reunir com ele em seu escritório. A lei do divórcio continuava tramitando no Congresso, dizia-se que sua aprovação era iminente, mas Farra nos disse que não valia a pena esperar, de maneira alguma, inclusive pensava que em breve, quando fosse aprovado, o divórcio seria mais caro que a anulação. Explicou--nos o processo: sabíamos que o juízo da anulação era ridículo, mas ao nos inteirarmos dos pormenores nos pareceu também imoral. Tínhamos de declarar que nem ela nem eu morávamos nos endereços que constavam na certidão de casamento, precisávamos conseguir testemunhas que confirmassem isso.

Que estupidez, falei para a noiva aquela tarde, num café da rua Agustinas: que mediocridade, que vergonha ser um juiz que escuta alguém mentir e finge que não sabe que a pessoa está mentindo. Que estupidez o Chile, ela disse, e acho que foi a última vez que concordamos totalmente sobre algo. Não queríamos a anulação, mas era o justo, em certo sentido. Agora, ao pensar sobre tudo, o melhor resumo de nossa história seria dizer que fomos anulando um ao outro até que nos anulamos por completo.

• • •

E em maio de 2004, o Chile se tornou o penúltimo país do mundo a legislar sobre o divórcio, mas a noiva e eu fizemos a anulação alguns meses antes. Maite e o poeta, que agora andavam namorando, seriam as testemunhas, mas de última hora o poeta me deixou na mão e precisei pedir o favor a uma mulher com quem poucos anos depois me casei. Não vou contar aqui essa história, basta dizer que com ela as coisas foram totalmente diferentes. Com ela sim deu certo; com ela pude, logo, me divorciar.

Exercícios:

75) O tom geral deste conto é:

A) Melancólico.
B) Humorístico.
C) Paródico.
D) Burlesco.
E) Nostálgico.

76) Qual é o pior título para esta história?

A) As cinco mil e uma noites.
B) Dois anos de solidão.
C) Catorze anos de solidão.
D) Dois casamentos e nenhum funeral.
E) O labirinto da anulação.

77) Quem são, a seu ver, respectivamente, vítima e algoz nesta história?

A) A noiva / o noivo.
B) O poeta / Maite.
C) Chile / Chile.
D) Fígado / beberagem.
E) Destilados / não destilados.

78) De acordo com o texto, no começo do século XXI o Chile era um país:

A) Conservador nos valores e liberal no econômico.
B) Conversador no alcoólico e artificial no ecumênico.
C) Inovador no cômico e literal no trágico.
D) Empreendedor no católico e conjugal no mágico.
E) Esgotador no equivocado e oscilante no rápido.

79) O narrador não menciona o nome da noiva porque:

A) Quer protegê-la. Além do mais, sabe que não tem o direito de dizer seu nome, de expô-la assim. Esse medo de nomear, em todo caso, é algo muito anos 1990.
B) Quer proteger a identidade dessa mulher porque teme represálias.
C) Diz que esquecerá até o nome da mulher, mas talvez já o tenha esquecido. Ou talvez ainda esteja apaixonado por ela. Jura que nem se lembra mais do nome dela, mas morrerá chamando por ela, María.
D) É um néscio, um imbecil vaidoso. E misógino. E machista.
E) Seu verme, estou falando com você.

80) De acordo com o texto, a lei do divórcio não foi aprovada antes no Chile porque:

A) A Igreja católica fez um lobby forte, que incluiu ameaças de excomunhão aos parlamentares que apoiassem o projeto de lei.

B) Havia outras prioridades no âmbito da Saúde, da Educação e da Justiça.

C) A prioridade era postergar infinitamente qualquer reforma de qualquer índole que pusesse em risco a estabilidade do país.

D) A prioridade era postergar infinitamente qualquer reforma que colocasse em risco os interesses das empresas e a impunidade dos responsáveis pelos crimes da ditadura, incluindo, é claro, Pinochet. Nesse contexto, a lei do divórcio era uma questão apenas de valores, e até os líderes da direita – vários deles "anulados" e casados de novo – sabiam que era vergonhoso o Chile continuar sem uma lei de divórcio, mas esticaram o assunto, chegando até a levantar um tema poderoso para distrair e neutralizar o clamor por justiça e reformas radicais.

E) Havia um sistema muito melhor, o da anulação, porque quando alguém se separa o que quer é, na verdade, acreditar que nunca foi casado, que a pessoa com a qual quisemos ficar para sempre nunca existiu. A anulação era a melhor maneira de apagar o inapagável.

81) Qual das frases célebres a seguir reflete melhor o sentido do texto?

A) "A principal causa do divórcio é o casamento." (Groucho Marx)
B) "O amor abre parênteses; o casamento fecha." (Victor Hugo)
C) "Casar pela segunda vez é o triunfo da esperança sobre a experiência." (Samuel Johnson)
D) "Não podendo eliminar o amor, a Igreja quis pelo menos contaminá-lo, e criou o casamento." (Charles Baudelaire)
E) "O casamento é a única aventura recomendável para os covardes." (Voltaire)

82) O fim deste conto é, sem sombra de dúvidas:

i. Triste.
ii. *Heavy*.
iii. Irônico.
iv. Abrupto.
v. Imoral.
vi. Realista.
vii. Engraçado.
viii. Absurdo.
ix. Inverossímil.
x. De acordo com a lei.
xi. Péssimo.
xii. É um final feliz, de algum modo.

A) i, ii e iv
B) x
C) Todas
D) viii e xi
E) xii

TEXTO Nº 3

Não se importe, meu filho querido, não se importe com o que te digo; não se importe comigo. Espero que o tempo abrande em sua memória meus gritos, meus tons inapropriados, minhas piadas sem graça. Espero que o tempo apague quase todas as minhas palavras e conserve apenas o sussurro tranquilo e cálido do amor. Espero que inventem logo um controle remoto para que você possa baixar meu volume, me pausar, para que possa avançar as cenas ingratas ou retroceder muito rápido até os dias mais felizes. Para que você possa experimentar, quando quiser, a liberdade de agir sem ninguém te vigiando, o prazer imenso de ensaiar uma vida sem mim. E inclusive poder decidir, por exemplo, caso necessário, me apagar. Não digo apagar estas palavras, que por si só são líquidas, perecíveis, mas me apagar por completo, como se eu nunca houvesse existido.

Sei que isso é impossível.

Temo dizer que a vida consiste nisto: em apagar e ser apagado. Estivemos a ponto de te apagar, como talvez você já saiba ou suspeite. Não queríamos ter um filho. O que acontece é que na época éramos filhos. Éramos tão filhos que a possibilidade de ser pais era algo extremamente distante para nós. Além do mais, sabíamos de antemão que iríamos nos separar. Para nós, o amor era um incidente, um acidente, uma prática: no melhor dos casos, um esporte de alto risco.

Pouco antes de sabermos da gravidez havíamos pensado em nos separar. Talvez seja chocante para você saber que o motivo de nossas discussões era o dilema de ter ou não ter um cachorro. No começo ela queria, mas eu achava que era responsabilidade demais, e depois quem queria era eu, e ela alegava que não estávamos bem, que precisávamos nos consolidar como casal se quiséssemos ter um cachorro. No fundo concordávamos, não nos sentíamos capazes de cuidar bem dele, de ter a paciência e a disciplina necessárias para levá-lo para passear todos os dias, para manter seu pote sempre cheio de comida, para passar o antipulgas uma vez por mês.

Achávamo-nos jovens demais para tomar conta de um cachorro, mas não éramos tão jovens assim, eu e sua mãe tínhamos vinte e quatro anos. Com essa idade meu pai já tinha dois filhos. O mais novo, de quatro anos, era eu. Mas, em minha geração - sei que você odeia essa palavra -, ter filhos era algo que só começávamos a pensar lá pelos trinta ou trinta e cinco anos, se é que chegávamos a pensar nisso. De todo modo, se te servir de consolo, quando soubemos da gravidez, nunca nem pensamos na possibilidade de fazer um aborto. Quer dizer, pensamos nisso, procuramos saber os preços das clínicas clandestinas, inclusive fomos a uma, mas não consideramos seriamente a possibilidade. Não seria de todo verdade dizer que nos arrependemos ao chegar lá, porque, como estou dizendo, era uma ideia entre outras, não a principal.

O dia em que você nasceu foi o mais feliz da minha vida, mas eu estava tão nervoso que não sei se felicidade é a melhor palavra para descrever o que eu senti naquela madrugada. Acho que é minha obrigação te dizer, apesar do amor absoluto que sempre senti por você, apesar de toda a alegria que você trouxe para a minha vida, e imagino que para a de sua mãe também - não a vejo há uns dez anos, mas tenho certeza de que você também foi uma fonte permanente de alegria para ela -, apesar de tudo isso, preciso te dizer que, durante todos os dezoito anos que agora você tem, nunca deixei de me perguntar como teria sido a minha vida se você não tivesse nascido.

É um pensamento esmagador, uma porta que leva à noite mais escura, à escuridão total, mas também à penumbra e, às vezes, lentamente, a algo semelhante à clareira de uma floresta. Essas fantasias são normais, mas não é comum que os pais as confessem. Ao longo desses anos pensei milhares de vezes, por exemplo, que se você não tivesse nascido eu teria precisado de menos dinheiro, ou que poderia ter sumido por muitas semanas sem precisar me preocupar com ninguém. Poderia ter esticado minha juventude por vários anos ainda. E poderia até ter me matado, isto é: a primeira consequência do teu nascimento foi que a partir de então eu não podia mais me matar. Quando um amigo sem filhos me fala dessas pequenas feridas nas quais, de tanto cavoucar ociosamente, acabou encontrando desespero e angústia infinitos, eu não digo o que penso a respeito delas, digo apenas isto: por que você não se mata de vez?

Não sei se minha vida teria sentido sem você. Não acho que minha vida tenha outro sentido além de estar aqui para te acompanhar.

A gente acaba apagando todo mundo, a vida consiste em conhecer pessoas a quem primeiro amamos e depois apagamos, mas não se pode apagar os filhos, não se pode apagar os pais. Sei que você tentou me apagar, mas não conseguiu. Sei que, para você, eu tenho existido demasiadamente. Que também tenho existido por ausência. Quando não estava com você, quando passava semanas sem te ver, aquele ano em que fiquei fora do Chile, por exemplo: mesmo nesse ano eu existia demasiadamente, porque eu não estava presente, mas minha ausência, sim. Por isso acho que é meu dever te dizer que também tentei te apagar: todos os pais fantasiam com uma vida irresponsável, de juventude eterna, de súbitos heroísmos. É a deformação de algo que se falava antigamente, tentando dar à frase certa densidade filosófica: para que colocar um filho neste mundo de merda?

Nossos pais não pensavam nisso. Eles acreditavam automaticamente no amor, casavam-se muito jovens e eram infelizes, mas não muito mais que nós. Trabalhavam muito e nem sequer tentavam associar o trabalho a algum tipo de prazer, de modo que seus sofrimentos eram mais concretos. Além disso, acreditavam em Deus e nos faziam acreditar em Deus. Por isso comíamos a comida, por isso fazíamos o dever de casa, por isso custávamos a pegar no sono de noite: porque Deus estava olhando.

Mas logo nos esquecemos de Deus, relegando-o ao lugar de mero personagem de história infantil. Não queríamos ser como nossos pais. Queríamos, em suma, ter cachorrinhos, gatinhos e tartarugas, inclusive papagaios, embora o desejo de ter algo tão desagradável como um papagaio tenha sempre sido incompreensível para mim. Queríamos ser filhos sem filhos, que era a maneira de ser filhos para sempre e desse modo culpar nossos pais por tudo. Quando você nasceu, o que recebemos foi um animalzinho vivo demais, e também uma desculpa, um álibi perfeito, um mantra, uma frase multiuso: *tenho um filho*. Nunca senti tanta energia como naqueles primeiros anos para pedir aumentos de salário, para dizer que não iria a compromissos desnecessários, para parar de fumar e de beber tanto, ou para fumar e beber tudo, porque em nosso idioma a frase *tenho um filho* significava, de um modo não totalmente tácito, *tenho um problema*. Preciso dizer que eu sabia perfeitamente como acrescentar a essa frase requintes sedutores: *tenho um filho* significava, em alguns casos, *sou um homem sério, vivido, responsável, tenho uma história, sendo assim, durma comigo*. E, na manhã seguinte, se eu não quisesse ficar ou não quisesse que ela ficasse: *desculpe, tenho que ir, você precisa ir, tenho um filho*.

Além daqueles vídeos que não sei se para o bem ou para o mal sua mãe resolveu te mostrar, entendo que você não possui qualquer lembrança de nossa vida a três. Aos sete anos você me contou que alguns dos seus colegas de turma moravam com o pai e a mãe e você achava isso chato, porque eles tinham apenas uma casa. Na hora eu ri, quis acreditar literalmente naquilo, mas sei que nessa frase havia também uma dor, uma recriminação inconsciente, talvez. E, no entanto, sinto que esse abismo que nos separa é mais profundo e irrevogável que o abismo que costuma separar os filhos de seus pais.

Nunca te contamos o motivo da separação. Vou contar agora. O motivo da separação foi o Cosmo. Isso mesmo, o Cosmo. É uma história triste. Você precisa saber, em todo caso, que íamos nos separar de qualquer jeito, que havia anos procurávamos os motivos, e claramente, se você não tivesse nascido, teríamos nos separado muito antes. Naquela tarde eu estava furioso contigo, mas também oscilava: você tinha apenas três anos, porém muita autodeterminação, e ao ver um cachorro abandonado no depósito de lixo da esquina, você o tomou nos braços e continuou caminhando. Falei que não podíamos ficar com ele, mas não teve jeito de te fazer entender. Fiquei impressionado porque você não chorou: você era chorão, mas não chorou, o que de algum modo me revelou que você existia de fato, que não podia mais ser enganado. Você fazia carinho no cachorro, batizou-o de Cosmo, e enquanto voltávamos para casa eu me sentia totalmente dobrado, não consigo pensar em outra palavra: dobrado. Entendi, enquanto caminhávamos, que naquele momento começava uma luta que eu perderia mil vezes, a luta que talvez agora, com estas palavras, eu esteja perdendo de vez.

Abri a porta já convencido, disposto a respeitar a sua decisão, e no começo sua mãe concordou. Mas naquela noite, depois de algumas horas de falsa harmonia, começou a escalada de acusações mútuas, até que ela disse: *a gente já tem um*. Perguntei como era possível que ela falasse de você como se fosse um animal de estimação. Ficou calada, e creio ter ouvido as trombetas da vitória, mas depois, tendo discutido sobre muitas outras coisas de que não me lembro, quando já tínhamos aceitado que ficaríamos com o Cosmo, fui eu que disse exatamente a mesma frase, no mesmo sentido: *a gente já tem um*.

Nem sua mãe nem eu falávamos sobre você. Falávamos, sim, mas para ferir um ao outro através de você. Competíamos pelo troféu de quem te amava mais. Fazia anos que concordávamos que não concordávamos em nada. E naquela noite eu saí de casa. E em pouco tempo sua mãe levou o Cosmo para meu apartamento, o que acabou sendo bom, porque, como todas as crianças, havia alguns fins de semana que você não queria ir para a casa do seu pai, mas sua mãe te lembrava que você precisava cuidar do Cosmo. Você não vinha me ver, vinha ver o Cosmo.

Às vezes acho que sua mãe e eu deveríamos nos encontrar para juntos te pedir perdão. Ou para tomar ayahuasca e te pedir perdão. Mas seria melhor inventarem de uma vez por todas o tal controle remoto para que você possa avançar ou retroceder, para que você possa pausar ou mesmo apagar algumas cenas da vida que te demos. Você não pode nos apagar, mas talvez algumas pessoas sejam, sim, apagáveis: suas madrastas esporádicas, boa parte de seus padrastos e professores. Para que você possa apagar tudo de ruim e todos os que te causaram algum mal. E para que possa manipular e deformar e congelar as imagens em que estamos nós, que te causamos algum mal, mas que você não pode apagar. Para que você nos veja em câmera lenta ou normal ou rápida. Ou que não nos veja mais, mas saiba que estamos ali, esticando vez após vez o filme absurdo da vida.

Exercícios:

83) A comparação entre ter um filho e ter um animal de estimação demonstra:

i. As contradições de uma geração que, com o pretexto de uma visão pessimista do mundo, preferiu ter animais de estimação a ter filhos.
ii. A importância de legislar sobre a posse responsável de animais de estimação.
iii. A importância de legislar sobre a posse responsável de filhos.

A) i e iii
B) i e ii
C) Apenas i
D) Apenas ii
E) Apenas iii

84) Um título razoável para o texto lido seria:

A) "My Generation" (The Who).
B) "Como nossos pais" (Belchior).
C) "I Wanna Be Your Dog" (The Stooges).
D) "Father & Son" (a música de Cat Stevens que num trecho diz: "Look at me/ I am old/ but I'm happy", mas não dá a impressão de que aquele pai seja feliz; de fato essa é a parte mais triste da música).
E) Monólogo do pai com seu filho de meses (Enrique Lihn, embora se depreenda do texto que o filho tem dezoito anos, isto é, duzentos e dezesseis meses).

85) O texto menciona a ayahuasca com o fim de:

A) Dar um toque étnico à narrativa.
B) Não há qualquer motivo concreto para se falar da ayahuasca. É um capricho do autor.
C) Estimular o uso de drogas.
D) Simpatizar com jovens que talvez já tenham experimentado maconha, cocaína e/ou crack, e portanto oscilam entre seguir o caminho natural e optar pelos atalhos da química; nessa encruzilhada, o texto sugere, com prudência, a ayahuasca, que é a porta de entrada para o autoconhecimento.
E) A utilidade da ayahuasca no campo da psiquiatria é sabida, sobretudo para o tratamento da depressão, da ansiedade e da esquizofrenia. Não se poderia afirmar que o autor não sofra de alguma dessas enfermidades.

86) Com qual dos personagens do conto você se identifica?

A) Com nenhum.
B) Com o filho, é claro.
C) Com o pai.
D) Com os pais do pai e com a mãe. Mas também um pouco com o pai e com o filho. E com o cachorrinho Cosmo.
E) Com a mãe, porque também fiquei grávida nessa idade, mas abortei. Arrependi-me tantas vezes; sempre que penso nisso fico deprimida. Mas, depois de ler este texto, acho que não foi uma decisão tão errada assim.

87) Qual das alternativas a seguir corresponde a uma melhor caracterização do pai?

A) É um homem honesto e corajoso, ou talvez alguém que, após muitos erros, entende que é necessário ser totalmente honesto. Tenta dizer a seu filho a verdade e, cacete, como é difícil dizer a verdade.
B) É um coitado à beira da morte.
C) É um homem sensível, disposto a dar tudo pelo filho, mas um pouquinho desequilibrado. Nota-se que está tentando fazer alguma coisa, não se sabe bem o quê, mas alguma coisa ele está tentando.
D) É um senhor de idade inconsistente, que se mostra preocupado com o filho, mas não mede as palavras. Parece estar arrependido da educação que deu ao filho e pensa que pode resolver tudo enviando uma carta.
E) É um sujeito idiota e exibido, que ultrapassa o limite que sempre deveria existir entre pais e filhos com o pretexto de pedir perdão. Não sei se sua crueldade é voluntária, mas tenho certeza de que é desnecessária.

88) Qual seria, a seu ver, a pasta mais adequada no e-mail para armazenar um texto como este?

A) Mensagens enviadas.
B) Rascunhos.
C) Caixa de entrada.
D) Spam.
E) Mensagens não enviadas.

89) Depois de ler este texto, você preferiria:

A) Não tê-lo lido.
B) Não ter filhos.
C) Ter muitos filhos.
D) Não ter pai.
E) Ter um papagaio.

90) Se você fosse o destinatário desta carta, sua reação seria:

A) Não tenho certeza. Enquanto lia, pensava que aquele pai poderia perfeitamente ser o meu. Se meu velho me escrevesse algo assim, acho que teria pena dele, que é o que às vezes, talvez por vezes demais, eu sinto. Essa pena se misturaria com outros sentimentos imprecisos, que eu teria de analisar detalhadamente, se possível na terapia, mas com um bom terapeuta, um terapeuta menos charlatão que o palhaço com quem me consultei ano passado: quando eu contava ter estado desesperado, ele me dizia para chorar, e quando eu respondia que sim, que quando ficava desesperado eu chorava, ele me dizia que então eu não precisava me preocupar. Na última sessão me recomendou tentar encarar a vida com mais "positivismo".

B) Eu o abraçaria e agradeceria sua sinceridade. Aproveitaria para contar que na semana passada eu e Marce fomos a uma clínica clandestina, estávamos muito nervosos, mas deu tudo certo. Seria o momento perfeito para confessar que pagamos o aborto vendendo uns colares da minha mãe, além da tevê grande, o processador e o micro-ondas, razão pela qual precisei fingir que tinham roubado tudo, e por um momento fiquei morrendo de medo, porque a polícia veio e achei que iam perceber que o roubo era falso. Diria também que consegui o resto da grana vendendo suas primeiras edições de poesia chilena num sebo da avenida Manuel Montt, então não precisa mais continuar procurando por elas. : -)

C) Quem dera que meu pai estivesse vivo. Talvez, se ele estivesse vivo e me dissesse tudo isso, eu ficaria feliz. Pensaria: é um imbecil, mas pelo menos está vivo. Mas meu pai não era um imbecil e nunca teria me dito algo assim, nunca teria me escrito uma carta como esta. Outra coisa, aproveitando o espaço, sobre cachorros e gatos: os pais querem que os filhos sejam cachorros, mas os filhos sempre são gatos. Os pais querem domesticar os filhos, mas os filhos, como os gatos, não são domesticáveis.

D) Não sei como reagiria. Que tipo de pai diz essas coisas para um filho? Melhor seria bater nele. Melhor seria enchê-lo de sopapos. Será que ele não tinha outra maneira de descarregar suas frustrações além de atacar o filho? Era realmente necessário dizer que ele foi um filho não desejado? Eu também acho que fui um filho não desejado, mas prefiro não saber. Por que nós, filhos, temos que saber tantas coisas sobre nossos pais? Por que eles nunca ficam calados?

E) Daria um papagaio para meu pai, mas antes eu o ensinaria - ao papagaio - a dizer: *velho cuzão, velho cuzão, velho cuzão.*

	A	B	C	D	E		A	B	C	D	E		A	B	C	D	E
1	○	○	○	○	○	31	○	○	○	○	○	61	○	○	○	○	○
2	○	○	○	○	○	32	○	○	○	○	○	62	○	○	○	○	○
3	○	○	○	○	○	33	○	○	○	○	○	63	○	○	○	○	○
4	○	○	○	○	○	34	○	○	○	○	○	64	○	○	○	○	○
5	○	○	○	○	○	35	○	○	○	○	○	65	○	○	○	○	○
6	○	○	○	○	○	36	○	○	○	○	○	66	○	○	○	○	○
7	○	○	○	○	○	37	○	○	○	○	○	67	○	○	○	○	○
8	○	○	○	○	○	38	○	○	○	○	○	68	○	○	○	○	○
9	○	○	○	○	○	39	○	○	○	○	○	69	○	○	○	○	○
10	○	○	○	○	○	40	○	○	○	○	○	70	○	○	○	○	○
11	○	○	○	○	○	41	○	○	○	○	○	71	○	○	○	○	○
12	○	○	○	○	○	42	○	○	○	○	○	72	○	○	○	○	○
13	○	○	○	○	○	43	○	○	○	○	○	73	○	○	○	○	○
14	○	○	○	○	○	44	○	○	○	○	○	74	○	○	○	○	○
15	○	○	○	○	○	45	○	○	○	○	○	75	○	○	○	○	○
16	○	○	○	○	○	46	○	○	○	○	○	76	○	○	○	○	○
17	○	○	○	○	○	47	○	○	○	○	○	77	○	○	○	○	○
18	○	○	○	○	○	48	○	○	○	○	○	78	○	○	○	○	○
19	○	○	○	○	○	49	○	○	○	○	○	79	○	○	○	○	○
20	○	○	○	○	○	50	○	○	○	○	○	80	○	○	○	○	○
21	○	○	○	○	○	51	○	○	○	○	○	81	○	○	○	○	○
22	○	○	○	○	○	52	○	○	○	○	○	82	○	○	○	○	○
23	○	○	○	○	○	53	○	○	○	○	○	83	○	○	○	○	○
24	○	○	○	○	○	54	○	○	○	○	○	84	○	○	○	○	○
25	○	○	○	○	○	55	○	○	○	○	○	85	○	○	○	○	○
26	○	○	○	○	○	56	○	○	○	○	○	86	○	○	○	○	○
27	○	○	○	○	○	57	○	○	○	○	○	87	○	○	○	○	○
28	○	○	○	○	○	58	○	○	○	○	○	88	○	○	○	○	○
29	○	○	○	○	○	59	○	○	○	○	○	89	○	○	○	○	○
30	○	○	○	○	○	60	○	○	○	○	○	90	○	○	○	○	○

Alejandro Zambra nasceu em Santiago, no Chile, em 1975. Além deste *Múltipla escolha* escreveu os romances *Bonsai, A vida privada das árvores* e *Formas de voltar para casa* e o livro de contos *Meus documentos*. Essas obras lhe renderam, em seu país, o Prêmio da Crítica (2007), o Prêmio Altazor (2012) e o Prêmio do Conselho Nacional do Livro (2007 e 2012), além do prêmio Príncipe Claus, da Holanda. Suas histórias já foram publicadas nas mais prestigiosas revistas literárias do mundo, como *The New Yorker, The Paris Review, Harper's, Tin House* e *McSweeney's*. É autor, ainda, de dois volumes de poesia - *Bahía inútil* e *Mudanza* - e da coletânea de ensaios *No leer*. Com livros traduzidos para mais de dez idiomas e eleito pela revista britânica *Granta* como um dos 22 melhores jovens escritores hispano-americanos, Zambra é também crítico e professor de literatura.

Conheça outros títulos do selo Tusquets

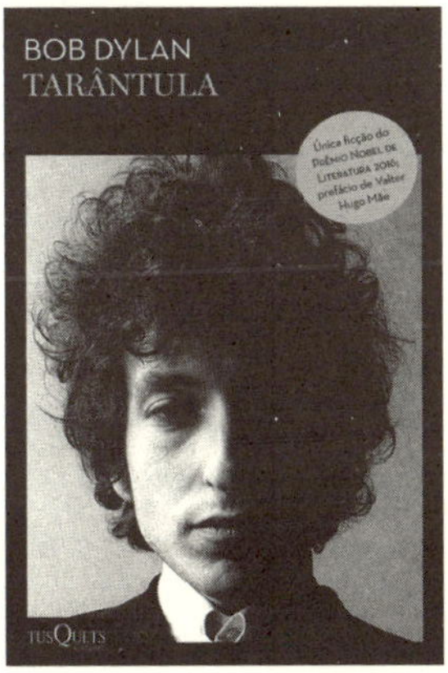

Este livro foi composto em
Utopia Std e impresso pela Gráfica Santa Marta
para a Editora Planeta do Brasil
em abril de 2017.